LA MORT

DE

DU GUESCLIN.

Indoluere nationes regesque; tanta illi
comitas in socios, mansuetudo in hostes.

TACIT.

LA MORT

DE

DU GUESCLIN,

POÈME,

Par T. Gallois-Mailly.

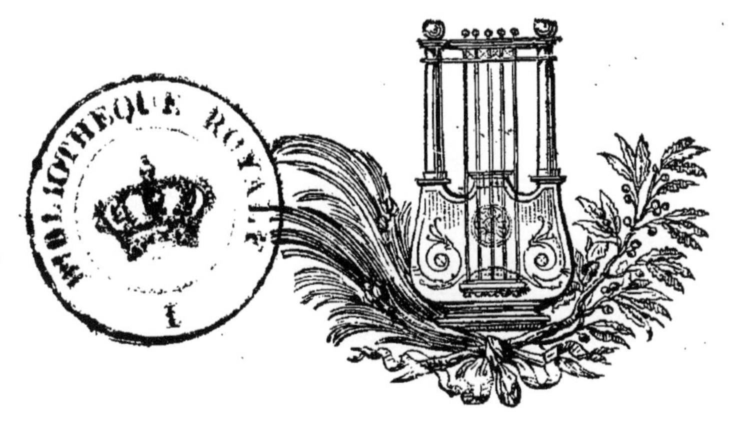

IMPRIMERIE DE BRASSEUR AINÉ.

A PARIS,

Chez DENTU, Imprimeur-Lib., Palais-Royal, même galerie ;
DELAUNAY, Libraire, Palais-Royal, galerie de bois.

1812.

PRÉFACE.

La mort de Du Guesclin offre le souvenir du plus bel hommage rendu au courage et à la vertu. Tout le monde sait que Du Guesclin vit s'éteindre ses jours sous les murs de Château-Neuf de Randon; que le capitaine anglais qui défendait la place lui ayant juré de l'évacuer s'il ne recevait point de secours avant l'expiration de la trève accordée, ne crut pas sa parole dégagée par la mort presque subite de ce grand homme, auquel seul il avait promis de se rendre, et vint le lendemain du jour indiqué déposer les clefs de la ville sur son cercueil. Tel est le sujet du poëme que je publie aujourd'hui.

« Personne, a dit M. de la Harpe, ne dé-
« sire que l'histoire soit écrite en vers; mais
« on est fort aise de lire un poëme composé
« sur tel ou tel sujet de l'histoire, et de voir
« ce qu'en a fait l'imagination du poëte. » Pénétré de ce principe, je ne me suis point appliqué à mettre d'accord entre eux les nombreux historiens qui ont traité ce sujet, et, satisfait de reposer mon opinion sur les écrits de ceux qui m'ont paru mériter le plus de confiance, j'ai regardé comme constant le fait qui sert de base à mon ouvrage. Usant ensuite, et cependant avec une extrême modération, du privilége accordé à tout poëte épique, j'ai dû, pour former un tout qui eût son commencement, son milieu et sa fin, m'écarter un peu de l'exactitude historique; j'ai dû.... Mais il ne m'appartient pas de faire moi-même l'éloge du plan que j'ai suivi; je dirai seulement que j'ai cherché à le rendre le plus simple et le plus clair possible, persuadé qu'un plan est un chemin préparé pour le lecteur, et par

lequel sa mémoire aime à rétrograder facile-
ment. J'ai souvent éprouvé qu'un ouvrage, fort
bien fait d'ailleurs, intéressait moins quand la
marche en était obscure et entortillée : si l'on
se plaît quelquefois à relire un poëme, ce n'est
pas je pense pour le comprendre, mais pour
mieux sentir des beautés de détail qui ont pu
échapper à une première lecture.

A l'égard du style, je dois encore plus m'in-
terdire toute réflexion. Qu'un homme accoutumé à de nombreux succès, et plein du sentiment de ses propres forces, se permette dans
une préface de préparer en quelque sorte
l'opinion de certains lecteurs qui n'ont jamais
su penser par eux-mêmes, et qu'il indique
avec adresse des passages sur lesquels il craint
que l'on glisse trop légèrement, cela est ridi-
cule sans doute; cependant on est tenté de lui
pardonner si l'on s'aperçoit que son orgueil ne
l'avait point aveuglé. Mais à mon âge, où les
ouvrages se sentent toujours de l'incertitude des
premiers pas, que faire? Garder le silence, et
attendre, sans trop d'espoir comme sans trop
de faiblesse, le jugement du public éclairé.

C'est dans cette position que je veux me

placer. Travaillant dans l'ombre, étranger à toute espèce de sociétés littéraires, je n'entendrai point l'éloge de mon poëme prononcé dans une séance publique, peut-être cet ouvrage ne percera-t-il point l'obscurité qui m'environne; cependant, quelque petit que soit le nombre de mes lecteurs, ignoré comme je le suis, leur jugement sera désintéressé, et si je puis mériter leurs suffrages ils auront mille fois plus de prix à mes yeux que la louange complaisante d'un confrère indulgent.

LA MORT

DE

DU GUESCLIN.

Ce Français valeureux, noble appui de son roi,
Et de l'Anglais toujours incorruptible effroi;
Ce guerrier à l'honneur, à la vertu fidèle,
Des chevaliers français le plus brillant modèle,
Du Guesclin vit trop tôt de ses glorieux jours
Sous les murs de Randon se terminer le cours :
Trompé dans ses projets, ce grand homme succombe...
Muse, d'un pur encens viens honorer sa tombe.
Du trône de Valois les tristes héritiers
Laissaient de leur couronne arracher les lauriers,
Et, trop pesant pour eux, le sceptre de la France
De leurs bras énervés fatiguait l'impuissance :
L'Anglais, de toutes parts arrivé sur nos bords,
N'avait à repousser que de faibles efforts;

Et Poitiers avait vu, non loin de ses murailles,
Le frivole destin qui préside aux batailles
Trahir nos étendards, triomphans tant de fois!
De la guerre dès lors reconnaissant les lois,
Les peuples, étouffant un courage inutile,
Sous le joug du vainqueur courbaient un front docile;
Enfin, vers sa ruine entraîné tous les jours,
L'état, depuis longtemps sans guide, sans secours,
S'abandonnait au sort et cédait à l'orage:
Au sein des vastes mers tel, après le naufrage,
Un vaisseau mutilé, privé de matelots,
Se balance incertain, et vogue au gré des flots. (¹
    De ses aïeux alors relevant la couronne,
A travers ces dangers on vit monter au trône
Un de ces rois qu'appelle à cet auguste rang
Plus encor leur vertu qu'un juste droit du sang;
Un roi cher aux Français, dont l'équitable histoire
Du beau titre de sage a paré la mémoire,
Qui, sans quitter la toge, et du fond d'un palais,
Dans leur course rapide arrêta les Anglais:
Charles parut enfin. ²) La valeur engourdie
Se ranima bientôt au feu de son génie,
Et Sancerre et Clisson, fiers appuis de l'état,
Rappelèrent la France à son premier éclat.
Mais celui que l'on vit au chemin de la gloire
Guider plus sûrement le char de la Victoire;

Celui qui plus que tous par ses brillans succès
Vengea ses rois, vengea l'honneur du nom français ;
Celui qui sut unir, par un rare assemblage,
A l'ardeur du soldat la prudence du sage,
De nos preux chevaliers l'honneur, la gloire enfin,
C'est ce héros fameux, c'est lui, c'est Du Guesclin !
Quels utiles travaux en illustrant sa vie
Avaient déjà payé sa dette à la patrie !
Déjà plus d'une fois son modeste étendard
Avait humilié l'orgueilleux léopard ;
Déjà, du sang royal courant laver l'offense,
On l'avait vu quitter les rives de la France,
Guider près de Montiel ses soldats triomphans,
Et, d'un trône arrosé du sang des Castillans
Précipitant un roi trop peu digne de l'être,
A l'Espagnol soumis donner un nouveau maître ; (3
Enfin la Renommée à conter ses exploits
Depuis quarante hivers occupait ses cent voix :
Mais, animé toujours par son ardeur guerrière,
Et d'un œil assuré mesurant sa carrière,
Le héros nourrissait cet espoir glorieux
D'atteindre enfin le but où tendaient tous ses vœux :
— Hé quoi ! je souffrirais qu'indignement flétrie,
Sous un joug odieux s'abaissât ma patrie !
Disait-il ; non ! il faut, couronnant mes succès,
Des enfans d'Albion purger le sol français,

Fixer un calme heureux sur nos rives troublées,
Et du trône affermir les bases ébranlées. —
De ce noble projet, fils d'une noble ardeur,
Et le prince et le peuple approuvent la grandeur.
Repoussons les Anglais ! Ce cri de la vaillance
Tout à coup se répète aux deux bouts de la France ;
Il parvient jusqu'aux bords où ces infortunés
Dans les fers ennemis gémissaient enchaînés,
En proie à tous les maux trop connus sur la terre,
Que roule dans son cours le torrent de la guerre.
L'espoir luit à leurs yeux ; il calme leur douleur :
L'espoir sait alléger le fardeau du malheur.
—Repoussons les Anglais ! Jusque chez l'insulaire
Que les vents effrayés portent ce cri de guerre :
Notre dame Guesclin ! 4) — Soudain les chevaliers,
Dont un lâche sommeil flétrissait les lauriers,
Se réveillent en foule : on s'agite, on se presse ;
Tous les cœurs de la gloire ont ressenti l'ivresse ;
Le camp voit chaque jour mille guerriers nouveaux :
La France en tous les temps fut féconde en héros.
Enfin, présage heureux d'une belle conquête,
Du Guesclin les commande et se montre à leur tête.

Dans ce moment, du haut de son palais humide,
Ecartant les vapeurs de la plaine liquide,
Aux lieux où de ses fils flottent les étendards,
L'Angleterre, inquiète, arrêtait ses regards.

O terreur! elle a vu ce guerrier trop célèbre,
Qui des bords de la Loire aux rivages de l'Ebre,
Les armes à la main, poursuivit ses soldats,
Et marqua de leur sang la trace de ses pas.
Elle frémit pour eux : tremblante, hors d'haleine,
A son secours bientôt elle appelle la Haine,
Monstre que dans cette île ont vomi les enfers,
Qui s'y plaît, et de là tourmente l'univers:
— Déesse, lui dit-elle, est-ce en vain qu'en mon âme
Brûle contre la France une éternelle flamme?
Est-ce en vain que, traîné par mes braves guerriers
Sous les murs de Crécy, dans les champs de Poitiers,
Le bronze, du tonnerre épouvantable image,
Pour la première fois de sang et de carnage
Inonda les Français moins vaincus que surpris?
Tant de travaux fameux, pour te plaire entrepris,
Doivent-ils être vains? et la Seine soumise
Ne devra-t-elle plus fléchir sous la Tamise?
Un seul homme aujourd'hui s'oppose à nos succès;
Un seul homme!... Ah, déesse! au camp de mes Anglais
Va, cours, et dans leur cœur réveille le courage,
Ou fait sentir du moins l'aiguillon de ta rage. —

La Haine à ce discours reconnaît son pouvoir:
Dans ses yeux enflammés brille un affreux espoir;
Toujours en ses desseins ne marchant que dans l'ombre,
Tandis que de la nuit s'étend le voile sombre,

En un vieux char traîné par les vents orageux
Elle s'élance, roule, et traverse les cieux :
Partout un air infect annonce sa présence.
Elle s'arrête enfin au milieu de la France,
Et plane sur les lieux où, près d'un long coteau,
Randon voit s'élever son antique château.

C'est là que, succombant sous le faix de la guerre,
Qu'oubliant leurs travaux, les fils de l'Angleterre,
Vainqueurs dans les combats, vaincus par le repos,
Paraissaient de Morphée épuiser les pavots.
La Haine les a vus : un tel aspect l'irrite;
Dans la ville aussitôt elle se précipite;
De son souffle infecté les guerriers sont couverts,
Et ses horribles cris épouvantent les airs.
Le soldat se réveille : il regarde; il s'étonne;
Il croit que sur les murs la trompette résonne;
Il se lève. Soudain le perfide poison
Tourmente ses esprits et trouble sa raison :
Egaré, furieux, il demande ses armes;
Il sort, et dans les champs court semer les alarmes.
Une torche à la main la Fureur le conduit;
La Rage à ses côtés vole, et la Mort le suit :
Ainsi quand sur le bord de son antre sauvage,
Au milieu des forêts, fatigué de carnage,
Un tigre s'assoupit et s'endort un instant;
Si des plaines de l'air un léger habitant

De son dard douloureux lui fait sentir l'atteinte,
Le monstre, ouvrant un œil où la colère est peinte,
Se lève, cherche, gronde, et, plein de sa douleur,
Court dans des flots de sang éteindre sa fureur.

Mais bientôt dans les cieux, diligente courrière,
L'Aurore a devancé le dieu de la lumière,
Et ses premiers rayons, découvrant le lointain,
Dans ces lieux attristés annoncent Du Guesclin :
Il s'avance. L'Anglais frémit à cette vue ;
Sa main, prête à frapper, demeure suspendue ;
Laissant de tous côtés les traces de ses coups,
Témoins accusateurs du plus lâche courroux,
Et cédant à l'effet d'une terreur soudaine,
A pas précipités il déserte la plaine.
En vain la Rage encor veut embraser son cœur ;
La Rage est impuissante où paraît la Valeur :
Il fuit. Au même instant, à travers la poussière,
Paraît des fiers Bretons la cohorte guerrière :
Tous, près de Du Guesclin vieillis dans les combats,
D'un héros tel que lui sont les dignes soldats ;
Dès l'enfance ils suivaient ses hautes destinées ;
On les vit sur ses pas franchir les Pyrénées ;
Intrépides guerriers, faire de toutes parts
Sur les murs ennemis flotter ses étendards,
Et, contre l'Africain signalant leur courage,
D'un infidèle sang rougir les flots du Tage : (5

Au bruit de ses projets ils viennent aujourd'hui
Partager son triomphe ou mourir près de lui.
Dignes rivaux de gloire, on voit marcher ensuite
De vaillans Bourguignons une superbe élite,
Et ceux qui de la Marne habitent l'heureux bord...
Enfin dans ce moment, plein d'un noble transport,
Auprès de Du Guesclin, pour venger sa patrie,
Pour combattre l'Anglais, tout Français se rallie;
Même ardeur, même zèle animent ces guerriers.
A leur tête paraît la fleur des chevaliers,
Mauny, d'Harcourt, Vendôme, et Sancerre et Grandville,
Et le fougueux Clisson et le sage Blainville,
Et toi, de Du Guesclin le plus cher compagnon,
Qui soutins après lui l'honneur d'un si beau nom;
Toi dont l'âme, toujours à sa grande âme unie,
Dans une même source avait puisé la vie! (⁶

Telle, cherchant l'honneur sans craindre le danger,
Telle, brûlant surtout de punir l'étranger,
D'un pas ferme et pressé cette brillante armée
Marchait, ⁷) quand tout à coup une foule alarmée
Court se précipiter aux genoux du héros,
Et parmi les soupirs laisse tomber ces mots :
— Ah, seigneur ! par pitié venez tarir nos larmes;
Venez nous protéger; couvrez-nous de vos armes !
L'ennemi, n'écoutant qu'une aveugle fureur,
Semble avoir sur nos bords enchaîné le malheur :

De nos fils égorgés le sang ruisselle encore;
Nos champs sont dévastés, et la flamme dévore
Ces toits où nos vieillards, arrachés au repos,
Ont vu s'ouvrir, hélas! d'effroyables tombeaux.
Mais nous ne craignons point que tant de barbarie,
Puisque vous paraissez, reste encore impunie. —
  Un grand homme toujours porte un cœur généreux
Et se plaît à sécher les pleurs des malheureux :
Le vaillant Du Guesclin, tandis que la souffrance
A ces infortunés prêtait son éloquence,
Dans ces lieux promenait ses regards affligés.
Tout à coup furieux : — Oui, vous serez vengés!
Dit-il. Oser porter, les lâches! les perfides!
Sur de faibles vieillards leurs glaives homicides!
Oui, vous serez vengés! La guerre a ses horreurs,
Je le sais ; entraîné par de nobles ardeurs,
Un brave quelquefois s'est oublié peut-être :
De modérer ses feux est-on toujours le maître!
Quoi qu'il en soit pourtant ce brave a mérité
Comme un preux chevalier d'être partout cité,
Si, fidèle à la fois au prince, à la patrie,
Il a donné la mort en exposant sa vie;
Mais dans l'ombre frapper d'une coupable main
Des vieillards! c'est le fait du plus lâche assassin.
Compagnons, qui brûlez d'entrer dans la carrière,
La Gloire nous appelle; elle ouvre la barrière :

L'Anglais est là; c'est là qu'il faut porter nos coups.
Marchons, et que ces murs s'abaissent devant nous. —
    Cependant une antique et valeureuse audace
Au cœur des assiégés avait repris sa place;
Honteux, ils désiraient dans le champ de l'honneur
Expier un instant de vertige et d'erreur;
Et leur chef... Mais ici, déité révérée,
Viens embraser mon cœur de ta flamme sacrée!
O Vérité! soutiens mon courage abattu;
Ma voix va d'un Anglais publier la vertu :
Oui, leur chef, secondant cet élan magnanime,
Vient augmenter encor le feu qui les anime;
Chaque soldat l'entend, le voit à ses côtés;
Les rangs sont parcourus, les postes visités :
— Mes amis, disait-il, plutôt que de nous rendre
Succombons mille fois sous nos remparts en cendre!
Mais quoi! n'êtes-vous plus les vainqueurs de Poitiers?
Souffririez-vous qu'ici l'on flétrît vos lauriers?
Non! non! j'en crois mon cœur, j'en crois votre vaillance;
Ce Du Guesclin, l'orgueil et l'honneur de la France,
Vient ajouter encore à vos nobles travaux
La gloire de combattre et de vaincre un héros. —
    Mais déjà dans les airs mille cris retentissent;
Sous les coups des sapeurs les murs au loin gémissent;
L'intrépide Breton déjà sur les remparts
Allait de Du Guesclin planter les étendards,

Quand sur lui, plus terrible et plus prompt que la foudre
Qui fend l'air, tonne, tombe, et réduit tout en poudre,
L'Anglais se précipite. Aussitôt renversés,
Roulent les assiégeans l'un sur l'autre entassés.
Des deux partis alors étincelle la rage :
Ce n'est plus un combat ; c'est un affreux carnage.
Du Guesclin est partout ; partout devant ses pas
Il ouvre à l'ennemi les portes du trépas.
Mais tel on vit d'Hector le courage tranquille
S'opposer autrefois à la fougue d'Achille,
Des Troyens malheureux prolonger les destins,
Et tenir la victoire et les dieux incertains ;
Telle du chef anglais la valeur peu commune
Longtemps de Du Guesclin balance la fortune ;
Des deux côtés vainqueurs et vaincus tour à tour,
On s'étonne, on s'admire... Enfin le dieu du jour,
Inclinant ses rayons vers un autre hémisphère,
Suspend pour un instant les foudres de la guerre,
Et, lasse de porter des coups toujours nouveaux,
L'impitoyable Mort laisse tomber sa faux.

L'ombre croît, et bientôt tout repose : c'est l'heure
Où la Haine, sortant de sa sombre demeure,
Sur nos rives descend, ivre de cruautés.
Elle voit de Randon les murs ensanglantés ;
Quel triomphe ! Ces cris de douleur et de rage,
Ces blessés, ces mourans, cet horrible carnage,

De la guerre en un mot tous les affreux excès,
Voilà de ses poisons les terribles effets !
L'aspect de tant d'horreurs la séduit et l'enchaine...
      Mais sur les pas du Temps, et dans leur char d'ébène,
Compagnes du Sommeil, les Heures de la nuit
Ont traversé la France, et s'éloignent sans bruit :
D'une douce lueur l'horizon se colore,
Et de son lit de rose en se levant l'Aurore
Ouvre de l'Orient le portique d'azur,
Annonce le Soleil, et promet un jour pur.
Au même instant du haut de la voûte éthérée,
Noble fille des cieux, cette vierge sacrée
Qui dispense aux mortels les trésors de la paix,
D'un regard attendri contempla les Français.
La Haine en a frémi : — Je verrais mon ouvrage
Tout à coup renversé ! Non ; pour servir ma rage
Aux enfers, s'il le faut, allons chercher la Mort. —
Elle dit, et soudain s'enfuit au sombre bord.
  Des Français cependant les cohortes vaillantes
Ramènent près des murs leurs enseignes flottantes ;
Remplis d'un même zèle et d'un courage égal,
Ils voyaient à regret différer le signal.
Le héros seul, touché des malheurs de la guerre,
Pleurait ses compagnons mourans dans la poussière,
Et d'un nouvel assaut redoutait les horreurs :
Mais au gré des Bretons, ces farouches vainqueurs,

L'airain allait sonner, quand du haut des murailles
Cet emblême de paix qui suspend les batailles,
Cet étendard sacré, respect des combattans,
Tout à coup se fait voir aux yeux des assiégeans.
De la place aussitôt on voit s'ouvrir la porte,
Et le chef des Anglais, sans armes, sans escorte,
Marche vers le héros : — Je ne suis point vaincu;
Et je ne parle ici qu'à ta seule vertu.
Du Guesclin, tu le sais, sous les murs de nos villes
On ne moissonne pas de lauriers trop faciles :
Tu peux vaincre pourtant; mais avant tu verras,
Les armes à la main, périr tous mes soldats :
Serais-tu donc flatté d'une telle victoire,
Funeste à nos guerriers, inutile à ta gloire?
Ecoute; si dix fois sur son char radieux
Le dieu de la lumière a parcouru les cieux
Avant que dans nos murs les fils de l'Angleterre
N'apportent un secours promis et nécessaire,
En loyal chevalier je t'en donne ma foi,
J'abandonne la place, et Randon est à toi.
Réponds, et crois surtout qu'aux bords de la Tamise
Quelques mortels encor révèrent la franchise. —
Du Guesclin aussitôt : — J'honore ta valeur;
Mais j'estime bien plus les vertus de ton cœur :
Au gré de tes désirs la trève est accordée.
Anglais, ne rougis point de l'avoir demandée :

Gloire, gloire à celui qui sait dans les combats
Apprécier la vie et le sang des soldats!
Va, tu peux dans tes murs demeurer sans alarmes;
J'ai parlé; mes Français vont déposer leurs armes. —

Les Français en effet, oubliant leur courroux,
Ont obéi; soudain le camp les revoit tous :
A la soif de la gloire, à sa brûlante flamme,
Des sentimens plus doux succèdent dans leur âme;
Guidés en ce moment par un devoir sacré,
Dans le champ du repos, des humains révéré,
De ceux qu'a moissonnés la Fortune cruelle,
Ils viennent déposer la dépouille mortelle,
Et déjà dans ces lieux l'olivier de la paix
Mêle son vert feuillage aux lugubres cyprès.

O Muse, dans tes chants que la douleur respire!
D'un crêpe funéraire enveloppe ta lyre!
Dans ce triste sujet, source de tant de pleurs,
Que tes accens plaintifs attendrissent les cœurs!

Tel on a vu souvent, écartant les nuages,
Un rayon du soleil précéder les orages;
Telle, alors qu'un beau jour se levait sur nos bords,
Que Guesclin, des Français modérant les transports,
Fermait pour un instant le temple de la guerre,
De l'implacable Sort éclata la colère.

De la Haine, grand Dieu, les vœux sont exaucés!
A sa voix elle a vu les Enfers courroucés.

Un mal qui tout à coup part du sombre rivage,
Dans le cœur du héros se frayant un passage,
Y porte le trépas... O destin rigoureux !
O pour tous les Français jour trois fois malheureux !
Du Guesclin va mourir !... Espérances trop vaines,
Cessez de nous tromper : c'en est fait, dans ses veines
Le sang à flots pressés roule un feu dévorant.
Il le sent, il le voit : hélas ! dans un instant
Il va toucher le terme où s'arrête la vie !...
D'aucun effroi pourtant son âme n'est saisie ;
Le calme de son cœur se peint dans tous ses traits,
Et la souffrance à peine en altère la paix.
Adorateur d'un dieu, d'un dieu plein de clémence,
Le sage n'a jamais redouté sa présence,
Et quand l'heure a sonné, sans se plaindre du sort,
Sans trembler il franchit les portes de la mort.

Un bruit confus déjà se répand dans l'armée ;
Déjà de tous côtés la prompte Renommée,
Trop prompte quand il faut publier les malheurs !
De Du Guesclin mourant raconte les douleurs.
Aussitôt vers la tente où ce héros succombe,
Où se creuse pour lui l'abîme de la tombe,
Où sur son pâle front l'impitoyable Sort
Amène par degrés les ombres de la mort,
Une foule inquiète et s'avance et se presse.
Vous étiez près de lui, vous que l'on vit sans cesse,

Associant vos noms à son nom glorieux,
Vous parer des lauriers moissonnés sous ses yeux !
Vous qui le chérissiez, Clisson, Mauny, Sancerre,
Et toi, toi son ami plus encor que son frère !
Vous charmiez les horreurs de ses derniers instans !
Ainsi, tendre Amitié, par tes soins consolans
Tu sais, lorsque des jours le flambeau se consume,
De la coupe fatale adoucir l'amertume !

O courage ! ô vertu ! lorsque dans les douleurs
La crainte de la mort a plongé tous les cœurs,
Lorsque dans tous les yeux, où s'amassent les larmes,
Se laissent entrevoir les plus sombres alarmes,
Ce grand homme, lui seul exempt de tout effroi,
Prend le glaive en ses mains déposé par son roi,
S'incline, découvrant sa tête défaillante,
Le presse avec respect d'une lèvre mourante,
Et, laissant échapper de pénibles accens,
Il exhale en ces mots ses derniers sentimens :
— O toi qu'à ma valeur a confié mon maître,
Noble glaive des rois, un autre eût su peut-être,
Poussé par la fortune à de plus grands travaux,
T'ombrager de lauriers plus nombreux et plus beaux :
Mais s'il suffit d'avoir pour son roi, sa patrie
De respect et d'amour l'âme toujours remplie ;
S'il suffit d'un cœur pur pour te bien mériter,
Nul ne fut plus que moi digne de te porter.

Sancerre, entre vos mains je remets cette épée : ([8]
De la faux de la Mort quand ma tête frappée
Dans l'éternelle nuit ira se reposer,
Aux pieds du souverain allez la déposer;
Dites-lui que Guesclin, prêt à perdre la vie,
Conserva de son roi la mémoire chérie;
Dites-lui bien surtout que mon seul déplaisir,
Que mon premier regret à mon dernier soupir
Est de laisser encore aux rives de la France
De l'insulaire altier l'odieuse présence.
Vous le savez, amis, combien je désirais
Venger mon cher pays des affronts de l'Anglais! ([9]
En mourant Du Guesclin vous lègue cette gloire;
Jusque dans Albion conduisez la Victoire :
Mais souvenez-vous bien, vaincus ou triomphans,
Que jamais les vieillards, les femmes, les enfans
Ne sont vos ennemis; prévenez leurs alarmes :
C'est pour les protéger que vous portez les armes. ([10]
O mes chers compagnons! pour la dernière fois...
Mais vous pleurez!... Amis... — Ici sa faible voix,
De tous ces vieux guerriers cette voix tant chérie,
Murmure sourdement dans sa bouche attendrie;
Elle expire. Dès lors de ce séjour mortel
Elevant sa pensée aux pieds de l'Eternel,
Il offre de son cœur l'auguste sacrifice;
Et la Religion, mère consolatrice,

Sans trouble, sans écueil, le conduit jusqu'au port.
Ses yeux se sont fermés... il soupire, s'endort,
Et, du dernier sommeil quand l'ombre l'environne,
Dans les bras de la Mort doucement s'abandonne.
Pleurez, admirateurs des plus nobles vertus !
Pleurez ; la tombe s'ouvre, et Du Guesclin n'est plus !

Mais pourquoi ce tumulte et ce peuple en alarmes ?
Autour du lit de deuil pourquoi brillent ces armes ?
De la fière Albion s'avancent les soldats.
Arrêtez, malheureux ! où portez-vous vos pas ?
Barbares ! quel projet osez-vous entreprendre ?
Venez-vous d'un héros ici troubler la cendre ?...
Que vois-je ! de la Mort le lugubre étendard !
Un crêpe a dans leurs rangs voilé le léopard !
Au sein de la douleur semble errer leur pensée,
Ils marchent lentement et la lance baissée :
De ses accords bruyans l'instrument belliqueux
N'a point troublé du camp le silence pieux ;
On dirait que, touchés d'une pitié sincère,
Ils viennent honorer le tombeau de leur frère.

A cet aspect soudain rappelant leur ardeur,
Les Bretons, inquiets, s'arment du fer vengeur ;
Entourant du héros la dépouille mortelle,
Muets, et les regards toujours fixés sur elle,
Ils semblent lui jurer vengeance... Cependant
Un pouvoir inconnu les arrête un instant :

Un homme, un homme alors, qu'autrefois la Tamise
Sur ses bords odieux vit naître avec surprise,
Un homme dont le nom dans un injuste oubli
Fut par la main du Temps trop tôt enseveli, (¹¹
Des assiégés enfin le vaillant capitaine,
Non pas tel qu'un vaincu qui va chercher sa chaîne,
Mais fier sans arrogance et soumis sans effort,
Tel qu'un héros, s'avance auprès du lit de mort,
Et là : — C'est à toi seul que j'ai promis de rendre
Ces murs que ma valeur, dit-il, n'a pu défendre ;
A toi seul, Du Guesclin ! Oui, nul autre que toi
Ne m'aurait vu subir cette honteuse loi.
Tu n'es plus, et pourtant je viens à ton courage,
A tes rares vertus rendant un juste hommage,
Je viens... de mon pays dût en souffrir l'orgueil,
Des palmes du triomphe ombrager ton cercueil ! —
A ces mots ce guerrier, d'un air noble et tranquille,
Aux pieds de Du Guesclin met les clefs de la ville :
— Ombre de ce héros, j'en ai donné ma foi,
Je te cède la place, et Randon est à toi. —
Il dit, et, des vertus ô magique puissance !
Ces Anglais, de tout temps ennemis de la France,
Sur cet illustre mort n'osent lever les yeux,
Et, pleins d'un saint respect, abandonnent ces lieux.
Ainsi du ciel encor la justice infinie
Sait embellir la fin d'une aussi belle vie,

Et veut qu'à son couchant cet astre radieux
Étonne l'univers de l'éclat de ses feux.

O de la Vérité sœur longtemps révérée,
Immortelle Clio! dont la plume sacrée,
Redisant les exploits des plus fameux héros,
Arrache au triste oubli leurs noms et leurs travaux,
Dans tes fastes inscrits au temple de Mémoire,
Lisant de Du Guesclin la glorieuse histoire,
L'avenir apprendra que l'appui de nos droits,
Le protecteur du peuple et le vengeur des rois,
Comme un père adoré durant sa vie entière,
Fut de tous les Français regretté comme un père; (12
Il apprendra surtout qu'un prince vertueux
Voulut que du héros les restes précieux,
Respectés à jamais de la race future,
Partageassent des rois l'auguste sépulture, (13
Et tes récits touchans, intéressant les cœurs,
A nos derniers neveux arracheront des pleurs!

FIN DU POÈME.

NOTES.

---

¹) PAGE 10.

Enfin, vers sa ruine entraîné tous les jours,
L'état, depuis longtemps sans guide, sans secours,
S'abandonnait au sort et cédait à l'orage :
Au sein des vastes mers tel, après le naufrage,
Un vaisseau mutilé, privé de matelots,
Se balance incertain, et vogue au gré des flots.

Lorsque Charles V, justement surnommé *le Sage*, succéda au roi Jean son père, mort prisonnier à Londres en 1364, le royaume qu'il était appelé à gouverner se trouvait dans une situation presque aussi désastreuse que celle où le réduisirent soixante ans après la longue démence de Charles VI, les fureurs d'Isabeau de Bavière, les discussions des princes du sang et les victoires des Anglais, toujours habiles à profiter de nos discordes civiles; l'épée du prince noir, qui avait fait ses premières armes à la bataille de Crécy, avait subjugué le midi de la France, et d'autres généraux non moins habiles avaient resserré du côté du nord les possessions de Charles V. Ce monarque n'avait point d'argent; la rançon de son père venait d'épuiser le trésor; les armées françaises avaient été en grande partie détruites aux funestes journées de Crécy et de Poitiers; il voyait encore autour de lui quelques capitaines de compagnie d'ordonnance, mais point de général d'armée : argent, soldats, généraux, il trouva tout en trouvant dans les états d'un prince voisin et indépendant, sous une vaine apparence de vassalité, un seul homme... Cet homme était Bertrand Du Guesclin.

²) PAGE 10.

Un roi cher aux Français, dont l'équitable Histoire
Du beau titre de sage a paré la mémoire;
Qui, sans quitter la toge, et du fond d'un palais,
Dans leur course rapide arrêta les Anglais :
Charles parut enfin. . . . .

Grâces aux mesures vigoureuses qu'adopta le roi Charles V, aux plans qu'il médita avec sagesse et qu'il fit exécuter avec célérité, la France, qui semblait sur le point d'être envahie totalement, retrouva ses forces premières; nos soldats virent de nouveau les Anglais

fuir devant eux, et portèrent leurs pas triomphans jusqu'au sein des Espagnes.

Cette résurrection de la France, si je puis m'expri-
mer ainsi, ne fut point l'œuvre d'un roi guerrier;
Charles ne quitta point son palais des Tournelles, et
c'est du fond de son cabinet que sortirent ces plans
de campagne qu'il se contentait de créer, et dont il
confiait l'exécution à ses généraux.

³) Page 11.

Guider près de Montiel ses soldats triomphans,
Et, d'un trône arrosé du sang des Castillans
Précipitant un roi trop peu digne de l'être,
A l'Espagnol soumis donner un nouveau maître;

Si l'on en croit les historiens, le motif apparent de
la guerre que Charles V suscita à Pierre le Cruel fut
de chasser les infidèles de l'Espagne; mais les motifs
secrets étaient d'abord de venger l'assassinat de la
reine Blanche, et surtout d'occuper hors de la France
cette foule de militaires oisifs et dangereux connus
sous le nom de *grandes compagnies*; c'est ce qui en-
gagea le roi à embrasser le parti de Henri de Transtamarre, et à confier à Du Guesclin le soin de placer
ce prince sur le trône de Castille.

La célèbre bataille de Montiel décida de ce grand
événement.

4) Page 12.

— Repoussons les Anglais ! jusque chez l'insulaire
Que les vents effrayés portent ce cri de guerre :
Notre Dame Guesclin ! —

Du Guesclin s'était rendu tellement redoutable aux Anglais, qu'on les a vus plus d'une fois prendre la fuite en entendant prononcer par les soldats français ce cri de guerre accoutumé : *Notre dame Guesclin.* « Ce « cri victorieux, dit Hay du Châtelet, portait la ter- « reur partout où il se faisait entendre. » C'est ce qui a donné lieu à madame Vanoz de dire :

Du Guesclin, dont le nom gagnait seul des batailles.

Peut-être trouvera-t-on qu'il ne convenait pas de faire entrer dans un vers cet hémistiche peu poétique, *Notre Dame Guesclin ;* cependant il m'a semblé rap- peler cette alliance des idées religieuses et des idées guerrières, si communes dans ces temps où les che- valiers français portaient dans leur cœur l'amour de de toutes les vertus, et sous ce rapport j'ai cru qu'il pourrait n'être point déplacé.

5) Page 15.

D'un infidèle sang rougir les flots du Tage.

J'ai déjà eu occasion d'observer que le motif appa- rent de la guerre que Charles V suscita à Pierre le

Cruel fut de chasser les Sarrazins et les Juifs de l'Espagne. Le fait est que l'armée du tyran de Castille en était composée en grande partie ; l'on va même jusqu'à prétendre qu'il devait épouser la fille de Belmarin, l'un de leurs princes, qui se trouva à la bataille de Montiel.

6) Page 16.

> Et toi, de Du Guesclin le plus cher compagnon,
> Qui soutins après lui l'honneur d'un si beau nom ;
> Toi dont l'âme, toujours à sa grande âme unie,
> Dans une même source avait puisé la vie !

Olivier Du Guesclin, frère de Bertrand Du Guesclin ; il le suivit dans toutes ses courses, et approcha beaucoup de sa valeur ; il fut comte de Longueville et connétable de Castille après la mort de son frère.

(Guyard de Berville, Généalogie.)

Le roi Dom Juan, fils de Henri de Transtamarre, l'appela auprès de lui, et l'employa dans la guerre de Portugal, où il servit avec honneur.

(Hay du Chatelet.)

7) Page 16.

> Telle, cherchant l'honneur sans craindre le danger,
> Telle, brûlant surtout de punir l'étranger,
> D'un pas ferme et pressé cette brillante armée
> *Marchait*, quand tout à coup une foule alarmée

J'ai osé imiter ici, et dans plusieurs autres endroits de mon poëme, une tournure justement admirée dans le plus pur des poëtes latins ; je m'y suis cru autorisé par l'exemple et les conseils des maîtres de notre

littérature. M. Delille, dans la préface de sa traduction
de l'Enéide, en analisant ce beau passage où Virgile
compare Turnus à un cheval dégagé de ses liens,
fait observer que le mot *emicat* et d'autres sont reje-
tés d'un vers à l'autre de manière à produire le plus
grand effet. « Ces remarques, ajoute-t-il, sont surtout
« adressées à ceux qui dans les langues modernes
« cherchent à imiter les grands maîtres qui ont écrit
« dans des langues plus riches et plus poétiques. »
Mais il s'explique encore d'une manière plus posi-
tive dans une note du 9ᵉ livre, que son peu d'étendue
me permet de citer ici; ce sont les vers suivans qui
lui en ont fourni l'occasion :

Is primam ante aciem, digna atque indigna relatu
Vociferans, tumidusque novo præcordia regno
Ibat, et ingentem sese clamore ferebat.

« Ces vers, dit-il, peuvent nous révéler un des se-
« crets de la versification latine; le verbe *ibat* est rejeté
« adroitement au troisième vers, après *tumidus voci-*
« *ferans. A la tête des assaillans, vomissant toutes*
« *sortes d'injures, et fier de son alliance, il mar-*
« *chait;* ce mot *il marchait* renvoyé ainsi à la fin
« de la période forme une chute heureuse; la phrase
« se relève ensuite avec éclat par ces mots : *et ingen-*
« *tem sese clamore ferebat.* Cette coupe savante, qui
« ne semblait appartenir qu'à la langue latine, a été
« introduite dans la poésie française par nos plus
« grands maîtres; dans le Lutrin :

« . . . . L'oiseau, plein d'allégresse,
« Reconnaît à ce ton la voix de sa maîtresse;

« *Il la suit,* et tous deux d'un cours précipité
« De Paris à l'instant abordent la cité.

« Dans le récit de Théramène :

« Il veut les rappeler, et sa voix les effraie ;
« *Ils courent ;* tout son corps n'est bientôt qu'une plaie.

« Nous pourrions citer un grand nombre d'autres
« exemples ; mais ceux-ci nous paraissent suffisans pour
« faire connaître aux jeunes poëtes le parti qu'on peut
« tirer de notre langue. »

8) PAGE 25.

Sancerre, entre vos mains je remets cette épée :

Les historiens ne sont pas d'accord sur celui des
compagnons de Du Guesclin auquel il remit l'épée de
connétable pour la porter au roi ; quelques-uns pré-
tendent que ce fut à Clisson, d'autres au maréchal de
Sancerre. J'ai cru devoir partager l'opinion de ces
derniers, parce que c'est celle qui m'a paru reposer
sur les preuves les plus solides.

Dans un manuscrit du temps intitulé : *Faits et
Gestes du noble et vaillant chevalier Bertrand
Du Guesclin, jadis connestable de France,* etc., on
lit :

« Quand approcha messire Bertrand de sa fin bien
« le cognut ; pour ce manda que l'on luy apportast
« l'espée royale, laquelle luy fut apportée, et en sa
« main la print ; puis dit pardevant tous ces parolles:

« Seigneurs, etc... Et vous, sire De Sanscerre, qui de
« France êtes mareschal, plus grand honneur avez
« bien desservy, à vous recommande mon ame, ma
« femme et toute ma parenté; au roi Charle de France,
« mon souverain seigneur, me recommanderez, et *cette*
« *espée, soubs qest le gouvernement de France de par*
« *moi, lui rendrez, car en main de plus loyal ne la*
« *puis mettre en garde,* etc. »

Hay du Châtelet pense même que Clisson n'était
point au siége de Randon; qu'il était alors en Bretagne à entretenir la guerre contre le duc.

9) Page 25.

Venger mon cher pays des affronts de l'Anglais!

Quelques personnes qui veulent bien m'honorer de
leurs avis ont trouvé triviale cette expression *mon
cher pays.* Je ne sais si je m'abuse; mais je ne puis
partager leur opinion; cette expression me semble au
contraire tenir au langage à la fois noble et touchant
des anciens guerriers. Faut-il d'ailleurs pour me jus-
tifier citer ce vers si connu et si plein de sentiment :

Albe, *mon cher pays* et mon premier amour!

10) Page 25.

Mais souvenez-vous bien, vaincus ou triomphans,
Que jamais les vieillards, les femmes, les enfans
Ne sont vos ennemis; prévenez leurs alarmes :
C'est pour les protéger que vous portez les armes.

J'ai tâché de conserver ici ses propres expressions :

« Je vous ai souvent priés de considérer que les vieil-
« lards, le pauvre peuple et les femmes ne sont point
« vos ennemis; que vous ne portez les armes que pour
« les protéger et pour les défendre : c'est une prière
« que je vous ai faite mille fois, et que je vous fais
« de tout mon cœur en vous disant ce dernier adieu. »
Telles furent ses dernières paroles : en est-il de plus
belles et de plus touchantes dans la bouche d'un grand
capitaine mourant !

11) PAGE 27.

Un homme dont le nom dans un injuste oubli
Fut par la main du Temps trop tôt enseveli,

Le nom du capitaine anglais qui défendait la place
de Randon, et qui vint en déposer les clefs sur le cercueil de Du Guesclin, n'est point arrivé jusqu'à nous;
du moins je suis autorisé à le croire d'après toutes
les recherches que j'ai faites vainement pour le trouver.

12) PAGE 28.

Comme un père adoré durant sa vie entière,
Fut de tous les Français regretté comme un père;

« La mort de cet excellent homme fut honorée des
« larmes de toute la France; il n'y avait peut-être pas
« eu avant lui roi ni prince si généralement regretté;
« la consternation se répandit et fut égale dans l'ar-
« mée, à la cour et dans les provinces; les Anglais
« même pleurèrent ce vainqueur, si plein de généro-
« sité et d'humanité. »
(GUYARD DE BERVILLE.)

J'étendrais beaucoup trop cette note si je voulais rapporter ici les détails transmis par les historiens sur les honneurs qui furent rendus à Du Guesclin après sa mort; je me contenterai de citer quelques stances composées à ce sujet à Avignon en 1390, dans lesquelles se remarque, à travers le vieux langage, une naïveté vraiment touchante.

> Jessus-Chrit, qui a grant poissance,
> Vueil tous ceulx de mal garder
> Qui du conestable de France
> Monsieur Bertrant orront chanter.
> Oyr porront de l'ordenance
> Comment le roi, qu'en doit amer,
> Fist faire à Saint-Denys en France
> Mémoire du noble guerrier.
>
> L'an de grace trois cent et mille
> Et quatre vins et puis neuf ans,
> Sept jours en may, ne fut pas guile,
> Fist de France li roys poissant
> Faire un servise mult noble
> De Bertrant, qui tant fut vaillant;
> Maint roy, maint duc, maint conte amblerc
> Furent au servise presans.
>
> Oncques mais si noble assemblée
> Ne fut venuë nullement, etc.

Les stances suivantes contiennent le détail de la présentation des chevaux (*destriers*), des bannières et des épées, avec les noms des princes et seigneurs chargés de cet honneur :

> Quant l'offrende si fut passée
> L'évesque d'Auxerre precha,
> Là ot mainte lerme plorée

Des paroles qu'il leur reeorda ;
Quar il conta comment l'espée
Bertrant De Glaicquin bien garda,
Et comme en bataille rangée
Pour France grand poine endura.

Les princes foudroint en lermes
Des mots que l'évesque monstroit;
Quar il disoit : Plorez, gens d'armes,
Bertrant, qui tres tous vous amoit:
On doit regretter les faits d'armes
Qu'il fist au temps qu'il vivoit.
Dieux ayt pitié sus toutes ames
De la sienne, quar bonne estoit.

Charles, li nobles rois de France,
Qui dieux doint vie et bonne fin,
A fait faire telle remembrance
Du noble Bertrant De Glaicquin;
Qu'on doit bien avoir souvenance
Du noble guerrier enterrin;
Dieux otroit à l'ame honorance
Es ceuls, où sont li Seraphim. *Amen.*

13) PAGE 28.

. . . . Un prince vertueux
Voulut que du héros les restes précieux,
Respectés à jamais de la race future,
Partageassent des rois l'auguste sépulture,

« Charles le Sage fut si touché de la mort de Ber-
« trand, qu'ayant appris que ses parens avaient dessein
« de transporter son corps en Bretagne pour y faire
« ses funérailles, il voulut lui donner un sépulchre
« plus glorieux en commandant qu'il fût inhumé dans

« l'abbaye royale de Saint-Denis, auprès du tombeau
« qu'il avait déjà fait préparer pour lui-même, afin
« que la postérité sût qu'un si fidèle sujet ne devait
« jamais être séparé de son souverain, pas même après
« son trépas, etc. »

(Anciens Mémoires du 14ᵉ siècle, mis en lumière
par Lefèvre.)

Le modeste monument qui renfermait ses restes mortels n'a point été à l'abri des outrages de ces vandales qu'une rage impie a conduits dans l'abbaye de Saint-Denis pour exhumer les corps des morts illustres qui y reposaient depuis tant de siècles (1); il ne fut point détruit tout à fait cependant, et lorsque le Muséum des Petits-Augustins s'ouvrit, comme pour appaiser les ombres désolées de tant de grands hommes, il y fut transporté. On l'y voit encore; c'est un cénotaphe de marbre noir, sur lequel est la statue couchée de Bertrand Du Guesclin; derrière sa tête on lit cette modeste épitaphe :

Ci-gît noble homme messire Bertrand Du Guesclin, comte de Longueville, connestable de France, lequel trépassa devant Castelneuf de Randon en Gévaudan, le treisième du juillet M. CCC. LXXX. Priez pour son âme.

---

(1) Le 20 octobre 1793, dans la chapelle dite des Charles, ils retirèrent le cercueil de plomb de Bertrand Du Guesclin, mort en 1380; son squelète s'est trouvé intact, la tête bien conservée, les os tout à fait desséchés et blancs.

(Extrait des Notes historiques sur les exhumations faites en 1793
dans l'abbaye de Saint-Denis, publiées par L.-A.)

FIN.

www.ingramcontent.com/pod-product-compliance
Ingram Content Group UK Ltd.
Pitfield, Milton Keynes, MK11 3LW, UK
UKHW021617130726
13696UKWH00005B/1920